Ich will heute nicht leben.

Von Diego Bernardini

Mit einem Nachwort von Dr. Katharina Albertin

Bibliografische Information der Deutschen National-bibliothek:
Die Deutsche Nationalbibliothek verzeichnet diese Publikation in der Deutschen Nationalbibliografie; detaillierte bibliografische Daten sind im Internet über http://dnb.dnb.de abrufbar.

Herstellung und Verlag: BoD – Books on Demand, Norderstedt

ISBN 978-3-7448-8701-4

Inhaltsverzeichnis

Ich will heute nicht leben.

23.30 Uhr. Nichts geht mehr beim Sex: Reiz, Erektion, Orgasmus. Auf Reiz folgt keine Erektion mehr. Das Mannesbild zerfällt. Und ich dachte noch jedes Mal, dass das doch alles nicht so schlimm sein kann. Doch: Das kann es. Das ist es. Und es tut weh. Es nagt. Jede Annäherung löst Panik aus: Ich fürchte mich vor jeder Berührung. Ich habe Angst, dass schon wieder nichts geht, und ich flüchte mich in dumme Ausreden. Ich will nur noch schlafen. Nur noch schlafen. Aber wo hat sich der Schlaf versteckt? Ganz bestimmt nicht im Kissen, in das ich mein Gesicht minutenlang drücke, bis die fehlende Luft meinem selbstmörderischen Getue einen Strich durch die Rechnung macht, und auch ganz sicher nicht an der Decke, die ich stundenlang monoton anstarren kann. Nicht einmal die Lichter der vorbeifahrenden Autos, welche durch die Rollladen musterförmig gebrochen werden, vermögen die Gedanken zu bremsen. Der Schlaf aber hat sich nicht versteckt – er ist gar nicht da, wo ich bin.

Ich bin verschoben.

Nicht dort, wo ich sein sollte. Ich quäle mich aus dem Bett und schlurfe ins Wohnzimmer. Jedem Idioten, der sich irgendwann anmasste, gute Tipps fürs Schlafen zu geben, möchte ich jeden Buchstaben seiner idiotischen Vorschläge auf Brezelgrösse wachsen lassen und ihm in den Rachen drücken. Soll er doch daran ersticken. Idiot. Und zum zweihundertfünfzigsten Mal nehme ich die Hitler-Biografie zur Hand, setze mich aufs Sofa und schlage das Kapitel über den Menschen Hitler – war er wirklich ein Mensch? – auf und lege es ein paar Minuten später wieder zu Boden. Morgen Nacht werde ich es erneut von derselben Stelle aufheben, es öffnen und nach wenigen Absätzen wieder hinlegen. Die ewig gleiche Qual – eine durchwachte Nacht ist eine einsame Angelegenheit. Wut kommt auf. Grosse Wut. Ich schlage mir mit der flachen Hand auf die Stirn: einmal, zweimal, dreimal … hundertmal. Dann kommen die Kopfschmerzen und noch mehr Gedanken schlagen von innen an die Stirn – als ob der Schädel in eine absurde Form gestanzt werden soll. Die Gedanken werden unerträglich, ändern alle zwei Millisekunden die Richtung und erhalten damit noch mehr Schwung, um mich zu quälen, zu analysieren, zu überdenken, zu skizzieren, zu spielen, zu fragen, fragen, fragen, fragen, fragen, fragen, fragen, fragen, fragen, fragen, fragen, fragen … Was für ein sinnloses Massaker der Nachtruhe.

Im Erdboden versinken möchte ich.

Durch das Fenster neben dem Sofa schaue ich zum Sternenhimmel hoch, der erstaunlicherweise wolkenfrei schimmert, und ich fluche wie ein Berserker: Ist das alles, was du zu bieten hast? Wie wär's mit einem Scheissherzinfarkt? Ein verdammtes Erdbeben? Ein Unfall? Die Sterne aber geben keine Antwort. Gott antwortet nie. Er schaut nur herunter, erbarmt sich nicht, macht gar nichts. Er weint manchmal vielleicht über die Barbareien, die wir tagein, tagaus uns und allen anderen antun. Zugeschaut hat er, als wir uns vor hundert Jahren in den Ersten Weltkrieg gefeiert haben: Mit Jubelschreien, Fahnen und Fanfaren sind wir im französischen und belgischen Schlamm stecken geblieben, haben ganze Berge in Norditalien gesprengt und dabei mit flächendeckendem Bombardement ein paar Menschen getötet. Nicht viele. Der Auftakt zum grossen Drama wird lächerliche sechs Millionen Menschen vernichten. Die grosse Party – im zweiten Teil, nach der nötigen Planungs- und Aufrüstungsphase – wird mit der industriellen Kriegsführung neunmal mehr Menschen pulverisieren. Ich versuche mir die Zahl vorzustellen: 56'000'000. Die Anzahl der Toten multipliziere ich mit den Eltern, danach mit mindestens drei oder vier Freunden und zwei Bekannten. Verdammt. Im Handy finde ich einen Taschenrechner und tippe ein: 56'000'000 x 7. Das Ergebnis lässt sich nicht komplett auf dem Bildschirm anzeigen; ich muss mit dem Finger wischen:

Da steht die Zahl von 392 Millionen Menschen, die mindestens eine Träne vergossen haben, einmal traurig waren und einmal den irgendwo vermodernden, durchschossenen, verbrannten Toten vermisst haben.

Jaja – natürlich ist diese Rechnung absurd: Einerseits sind nicht alle Eltern, Freunde und Bekannten der Toten am Leben geblieben, und dadurch würde sich die Zahl der Trauernden reduzieren, andererseits sind zwei Freunde pro Mensch wohl zu wenig. Und ja, verdammt – ich hasse diese Gedankenspiele –, wahrscheinlich gab's auch Einsame, Verlassene oder Alleinstehende und Arschlöcher, die niemand so richtig vermisst hat. Aber die Zahl bleibt: dreihundertundzweiundneunzig Millionen! Wie lange fliesst eine Träne, bis sie von der Wange fällt? Wie lange trägt man Trauer? Wann hört man auf, einen Menschen zu vermissen? Angenommen, man vermisst einen Menschen zehn Sekunden lang und in diesen zehn Sekunden sind keine schönen, lustigen, guten oder kreativen Gedanken möglich ...? Dann sind das ... Wo ist das Telefon: Verdammt noch mal! Eine Träne mal zehn Sekunden mal 392'000'000 ergibt drei Milliarden neunhundertzwanzig Millionen Sekunden, was fünfundsechzig Millionen Minuten, was eine Million achtundachtzigtausend Stunden, was fünfundvierzigtausenddreihundertundsiebzig Tage, was einhundertsechsundzwanzig Jahre der Trauer bedeuten würden. Und dies bei einer einzigen Träne. Kann ein Mensch eine einzige Träne weinen, nur einmal traurig sein und nur einmal vermissen? Mein Gott. Die Welt hat Jahrhunderte geweint und alles, was wir geerbt haben, ist ein eiskalter Krieg und Dutzende von lokalen Folgekriegen: Indochinakrieg, Koreakrieg, Suezkrieg, Vietnamkrieg, Sechstagekrieg, Afghanistankrieg, Erster Golfkrieg, Falklandkrieg, Zweiter Golfkrieg, Jugoslawienkrieg, noch mal Afghanistankrieg, Scheisskrieg … Und das sind tatsächlich nur die, an die ich mich erinnern kann.

Was für eine Verschwendung von Ideen, Gedanken, Möglichkeiten, Optionen, Geschäftsideen, Bildern und Alternativen. Wer weiss, was alles möglich gewesen wäre, wenn all diese Leute ihre Zeit besser hätten einsetzen können als für die Trauer eines Bekannten, Freundes, Bruders oder einer Schwester. Vielleicht wären wir heute woanders, vielleicht gäbe es andere Staatsformen, Autos, Bücher, Zeitschriften, Kühlschränke, politische Parteien, Teesorten …

Mir wird schlecht.

Die Zahlen quälen mich und feuern die Gedanken noch mehr an. Was hat das überhaupt alles mit mir zu tun?

Wenn die eigene Situation nicht mehr analysier- und durchschaubar ist, weiche ich aus: Dann kommt die Welt dran. Ich funktioniere offensichtlich wie ein Staat: Kann man mit der Innenpolitik bei den Wählern nicht punkten (weil die eigene Politik die beschissenen Probleme nicht zu lösen vermag), so wird der Aussenminister zum Ass im Ärmel. Unser Freund in Russland – und so sehr er auch Recht hat, die Europäische Union in ihrem Expansionshunger zu zügeln, sollte er lieber Wladimir bleiben und kein Adolf werden – beweist es ja wunderbar. Die Krise in der Ukraine, die wir Europäer ihm wunderbar zugespielt haben, lenkt von allen internen Problemen der Russen ab. Und gleichzeitig beweist sie etwas Erschreckendes: Hätte die Ukraine die Nuklearwaffen in den Neunzigern behalten – und sie nicht unter dem Versprechen Russlands und der Nato zur Wahrung und Verteidigung ihrer Grenzen abgegeben –, so würde wohl niemand in das Land einmarschieren. Die alten Abschreckungstheorien scheinen eben doch wahr zu sein. Das wird sich der Iran sicher merken. Wenn Reagan das wüsste, würde er blitzartig auferstehen, seine Erinnerungen wiederkriegen und mit der Militärlobby eine verrückte Party veranstalten. Ich schweife in die achtziger Jahre zurück, wo ich noch Teenie war und von der Theorie der «wechselseitig zugesicherten Zerstörung» zwar wenig verstand, aber genug Angst davor hatte. Die Abkürzung «MAD» für «Mutually

Assured Destruction» ist mir bis heute geblieben und ich erinnere mich, wie ich damals die Erwachsenen als die einzig bescheuerten Kinder der Welt bezeichnete. Wenigstens ist der Name bis heute Programm. Verdammt. Nach einer Ewigkeit wende ich mich angewidert vom Fenster ab, gehe in die Küche, öffne den Kühlschrank und nehme die Wasserflasche raus. Aus der Schublade unterhalb des Ofens hole ich die verlotterte Schuhschachtel mit den Medikamenten.

Wo bin ich?

0.45 Uhr. Die Schuhschachtel mit den Medikamenten liegt offen auf dem Esstisch. Fast zärtlich streiche ich mit dem Zeigefinger ihren faserigen Rand entlang. Warum ich mir keine Schlafmedikamente verschreiben liess, als die Therapeutin es mir angeboten hat, frage ich mich gar nicht mehr. Ich belächle und bemitleide mich selber.

Ich bin dabei, mich zu verlieren.

Zweimal vierhundert Milligramm Ibuprofen und dann ein Gramm Paracetamol. Das hilft: Dann werde ich schlafen. Ich drücke die Tabletten aus den Blisterverpackungen und lege sie alle drei auf den Tisch. Ein Iproben, ein Panadol und wieder ein Iproben. Und weil das Panadol so schön länglich ist und die beiden anderen kreisrund, gestalte ich unter dem ewig gleichen Zwang einen kleinen Penis mit den Tabletten, Minuten später eine alte Holzkarre und anschliessend ein abstraktes Kunstwerk. Was wohl diese Wirkstoffe in meinem Körper auslösen? Warum schaffen es ein paar Milligramm Chemie, den Körper so zu ermüden, dass die Seele aufgeben muss? Ich nehme wieder mein Handy zur Hand, rufe Google auf und tippe die Wirkstoffe in das Eingabefeld ein: 806'000 Ergebnisse in 0,22 Sekunden erschlagen mich. Ich scrolle über die Liste hinweg und lese Überschriften wie: «Gefährliche Schmerzmittel Ibuprofen oder Diclofenac», «Fieber: Ibuprofen und Paracetamol im Wechsel», «Was ist besser?», «Selbstmedikation», «Kombination»…

Muss ich mir tatsächlich Sorgen über die Wirkung von Schmerzmitteln machen? Ganz sicher nicht. Früher jonglierte ich ohne Bedenken mit Lexotanil, Temesta oder sonstigen Psychopharmaka. Aber diese Dinger wirken über den Schlaf hinaus: Man wird gleichgültig, vernebelt, abgekämpft, glasig und durchsichtig. Aber ich brauche die Wut auch morgen; ich brauche sie, um wach zu bleiben; ich brauche sie, um zu funktionieren…

Ich lege das Handy neben die weissen Tabletten auf den Tisch. Schon wieder eine Liste, schon wieder dieses verfluchte Halbwissen – ach, Kacke. Suchmaschinen schaffen Halbwissen: Jeder kann ein Suchwort eintippen und dann mitdiskutieren. Dabei ist Halbwissen das grösste Übel unserer Zeit: Wissen braucht Zeit. Wissen muss man sich erarbeiten. Wissen ist Kennen. Wissen ist Leiden. Im Halbwissen versteckt sich der Terrorismus der Dilettanten. Wie ich schon vor Jahren in der Süddeutschen las – wieso finde ich den Artikel nicht mehr?!? –, macht das Internet alle zu Idioten und Besserwissern. Eine fantastisch reduzierte Analyse, die schon vor mindestens sieben oder acht Jahren vorwegnahm, dass die Kommentarspalten auf den Medienseiten dadurch zu einem Spielplatz von Klugscheissern und Spiegelfechtern werden würden. Es ist die Arroganz von Kopierwissern, die Halbwissen schafft. Aber es scheint eine Besonderheit der modernen Zeit zu sein: Man muss nicht mehr lernen, nicht mehr studieren, nicht mehr nachdenken, sich nicht mehr einfühlen, nichts mehr reifen lassen (anscheinend forscht man bereits, wie man die Schwangerschaft verkürzen kann – wie krank ist das denn?!?). Man soll nicht sein, sondern scheinen: Man tippt ein, erhält eine Liste, sortiert aus, was man nicht wissen will, sucht sich sein ganz persönliches Schlagzeilenwissen aus und verbreitet es als allgemein gültige Wahrheit. Es folgt wahrhaftig dem Investorendenken: Warum in die Zukunft investieren, wenn man alles sofort haben kann? Wenn man sofort mehr pro eingesetztem Rappen verdienen kann? Ich erinnere mich, wie ein Autohersteller vor Jahren aus dem deutschen Index ausgeschlossen wurde, weil sich das Unternehmen weigerte, Quartalszahlen zu veröffentlichen. Investoren, so hiess es, würden langfristige Investitionen (zum Beispiel den Aufbau einer neuen Produktionsstätte) nicht goutieren, man würde als Unternehmen bestraft, weil die Rendite kurzfristig sinken würde ... Dieses Denken greift um sich. Niemand ist mehr bereit, in die Zukunft zu investieren, alle wollen sofort im Hier und Jetzt die Ergebnisse haben, und Google – oh Google! – liefert das nötige Halbwissen: komprimiert, auf eine Schlagzeile reduziert und per Textoptimierungssoftware formuliert. Ich weiss doch, wie so was funktioniert.

Das ist doch alles Scheisse.

Ich schlucke alle drei Tabletten ohne Wasser. Dann stehe ich auf, nehme direkt aus der Plastikflasche einen grossen Schluck Wasser und betrachte dabei die millimetergenau zusammengefaltete Wohndecke auf dem Sofa.

01.15 Uhr. Ich gehe aufs Klo. Mein Urin stinkt nach Aceton und ist braungelb. Ich ekle mich vor mir selber. Vielleicht sollte ich mittags wieder etwas essen?

Abends kann ich weiterhin eine Bouillon aufwärmen, aber mittags wäre etwas Warmes nicht schlecht. Aber die Zeit fehlt. Die Mittagszeit ist neben der Zeit vor sieben Uhr früh (und nach sechs Uhr abends) die beste Arbeitszeit: keine Telefonate nerven, keine Mitarbeiter quasseln und wenige E-Mails stören den Arbeitsrhythmus. Diese wunderbare Mittagszeit mit Essen zu verplempern, ist doch nur was für Memmen und Anfänger. Vielleicht könnte ich mir einen Blechkuchen in der Bäckerei holen? Oder ein Sandwich reindrücken? Ein Sandwich? Wann habe ich das letzte Mal ein Sandwich gegessen? Warum hasse ich belegte Brötchen? Woher kommt diese aggressive Abneigung? Stammt sie wirklich noch aus der Mensa in der Kantonsschule, wo ich vor über zwanzig Jahren das erste (und letzte) Mal ein solches Ding gegessen habe? Habe ich mich nicht wegen des Schimmels tagelang übergeben? War es der Schimmel, der mich vergiftete? Wer hat mich vergiftet? Hat mich das Leben vergiftet? Ist das Leben nicht einfach ein Zeitablauf? Kann ich Zeit verlieren? Lässt sich Zeit später wiederfinden? Rückwirkend in einen Zeitplan einbauen? Zeit lässt sich nicht wiederfinden, die Zeit fliesst nur in eine Richtung und ist immer gegen mich und gegen meine Projekte: Pausen sind so sinnlos. Ich verliere dabei nur den Faden, die Konzentration lässt nach und ich rede Schwachsinn mit Idioten, denen ich nur zuhöre, weil sich unsere Lebenswege im Geschäftsalltag kreuzen.

Als ob ich danach gefragt hätte.

Aber wer hat mich denn überhaupt nach irgendwas gefragt? Niemand wird gefragt. Vielleicht kommen die Toten nicht zurück, weil das Leben einfach Scheisse ist. Vielleicht weinen die Neugeborenen, weil es dort schöner war, wo sie herkommen.

Ganz egal – um das geht's nicht. Die Kopfschmerzen sind weg, aber die Gedanken hämmern weiter. Die Schmerztabletten scheinen zu wirken. Aber warum werde ich nicht müde? Warum muss ich schon wieder pinkeln?

Ich verliere mich.

Auf der Toilette betrachte ich mich im Spiegel. Die Gedanken verflüssigen sich und vervielfältigen sich wie Regentropfen: Sie tropfen durch den Körper und ziehen meine Seele zu Fäden. Der Versuch zu pinkeln scheitert kläglich: Es kommen nur Tropfen. Scheisse. Ich drehe mich ruckartig zum Spiegel, mache das Licht aus, dann sogleich wieder an und beobachte verängstigt, ob sich die Pupillen verkleinern. Sie reagieren langsam. Warum reagieren sie so langsam? Was habe ich vorhin geschluckt? Es waren nur Schmerzmittel. Ich knipse das Licht wieder aus und warte gefühlte zwölf Stunden im dunklen Raum. Dann haue ich auf den viereckigen Lichtschalter und öffne ganz weit die Augen: Im Spiegel zeigt sich die langsame Reaktion der Pupillen. Sie verkleinern sich zu stecknadelgrossen Punkten.

Mein Puls rast. Die Angst vor der Panikattacke *ist* die Panikattacke. Während Minuten betrachte ich mich im Spiegel, betatsche mit meiner linken Hand mein Gesicht, meinen Hals, meinen rechten Arm ... Dann nehme ich den Zahnbürstenaufsatz zur Hand und berühre mich damit im Gesicht – zuerst die rechte Gesichtshälfte, dann die linke Gesichtshälfte –, streiche mit der Bürste langsam über den linken, dann über den rechten Arm. Ist das Gefühl wirklich überall gleich? Nochmals testen. Nochmals testen. Und nochmals testen. Die Pupillen sind mittlerweile so klein geworden, dass ich sie beinahe nicht mehr im Spiegel zu sehen vermag. Ich zittere und lege den Aufsatz zurück. Langsam setze ich mich auf den WC-Deckel, streiche aufgeregt (und mehrmals) mit dem rechten Zeigfinger über den linken Daumen, dann mit dem linken Zeigfinger über den rechten Daumen. Die Tränen meiner Verzweiflung geben mir ein vages Gefühl der Wirklichkeit zurück. Aber ich atme oberflächlich. Aus dem Spülkasten sind gurgelnde Wassergeräusche zu hören, auch durch das in der Wand verbaute Spülrohr fliesst Wasser. Aufhören, ich muss aufhören zu denken, ich muss aufhören zu analysieren, ich muss aufhören. Aufhören. Ich stehe auf, betrachte die oberhalb des Spiegels verbaute Leuchtröhre, die zu atmen scheint. Die Wände bluten weisse Farbe, welche sich am Boden zu roten Knäueln verkrustet. Die Augen – die Pupillen, schreit es in meinem Kopf. Ich knipse wieder das Licht aus, drehe mich zum Spiegel und schlage mit voller Wucht auf den Lichtschalter. Aber die Pupillen reagieren nicht mehr – sie sind zu klein. Mein Körper zittert. Der ganze Raum beginnt sich um mich zu drehen. In der Panik stelle ich mir vor, wie sich die Badewanne mit dem weissen Blut füllt, es sich darin rot verfärbt und dann überzulaufen beginnt, die Badematte saugt sich voll, der Boden wird glitschig und die harzige Masse droht mich am Boden zu verkleben …

Aber so einfach ist es nicht: Ich ertrinke im Strudel meiner Gedanken – nicht im weissen Blut. Die Gedanken lassen sich nicht abstellen: Sie hämmern durch den Kopf, jagen Möglichkeiten, Alternativen, Fragen und Gegenfragen durch das Bewusstsein. Bin ich sicher, dass das Gefühl in beiden Daumen gleich stark war? Sollte ich es nicht – doch! doch! doch! – nochmals versuchen? Ich streich mir wieder und immer wieder über den Daumen, über die Arme, über die Beine. Das ist ein Herzinfarkt. Oder ein Schlaganfall. Mein Kopf ist ganz sicher zur Hälfte mit Blut überschwemmt und bald wird es eng werden. Ich werde Scheisse labbern und beim Hinfallen den Kopf wundschlagen. Aber das ist dann auch egal, denn dann wird mein Gehirn bereits zu Matsch verarbeitet sein. Ich halte mich am Waschbecken fest: Atmen, atmen, atmen, einatmen, warten, ausatmen, warten, einatmen, warten, ausatmen.

Dieser Schwachsinn funktioniert aber nur in der Theorie. In der Panik sind solch geordnete Abläufe weit entfernte Ufer in unruhigen Gewässern. Verdammte Scheisse. Einatmen, warten, ausatmen. Ich stehe immer noch vor dem Spiegel, schaue kurz zur Abluftöffnung über der Türe und blitzartig zurück zum Spiegel. Klimpergeräusche verlangen meine Konzentration. Mein Blick wandert wieder zur Abluftöffnung, aber die Geräusche kommen nicht von da. Hinter der Aluverkleidung in der Wand klappert leise der Warmwasserzähler. Erst in diesem Augenblick wird mir bewusst, wie unheimlich ruhig es ist.

Einatmen, warten, ausatmen, einatmen, warten.

Ich nehme das Handtuch zur Hand, befeuchte es mit kaltem Wasser und wische mir übers Gesicht. Der Warmwasserzähler erzählt seine eigene Geschichte dazu: stoisch und monoton. Im Spiegelschrank, welchen ich wohl vor ein paar Minuten geöffnet habe, finde ich Lexotanil, Temesta und ein paar andere Medikamente. Während ich mich rückwärts zum Klo bewege und mich auf die WC-Brille setze, löse ich mit gezieltem Druck zwei Temesta aus der Blisterverpackung heraus. Lorazepam. Ein stark wirkendes, angstlösendes Medikament, hatte mir vor Monaten meine Therapeutin erklärt. Und den Satz «Wie alle Benzodiazepin-Zubereitungen sind Temesta-Tabletten nur angezeigt, wenn die Befindlichkeitsstörung ernsthaft und beeinträchtigend ist oder für den Patienten eine unzumutbare Belastung darstellt» habe ich mittlerweile auswendig gelernt. Eine unzumutbare Belastung?!? Wie schätzen Sie es denn ein, wenn man von den eigenen Gedanken aufgefressen, vergewaltigt und zertrümmert wird? Ganz spontan würde ich meinen: *Das* ist eine unzumutbare Belastung.

Ich zittere am ganzen Körper, stehe auf, öffne die Klobrille und werfe die Scheisstabletten ins Wasser, drücke den Spülknopf und stelle mir ein paar Milliarden Bakterien vor, die sich nun in meinem Lorazepam wälzen werden. Was für ein absurder Gedanke.

Alleine. Ich muss das alleine schaffen.

Zudem verfolgt mich der Gedanke, in einer Schlaufe festzustecken: Die Angst beherrscht mich doch nur, weil ich mit den Medikamenten aufgehört habe. Die Pharmafuzzis nennen so was Absetzeffekt. Rebound. Abprall. Rückprall. Rückschlag. Und wieder von vorne.

01.30 Uhr. Verdammt – warum weiss ich das alles? Ich weine leise und setze mich wieder auf den Klodeckel.

01.35 Uhr. Der offene Spiegelschrank macht mich fertig. Nur die linke Spiegeltüre ist offen und in der Ablage stapeln sich Sinnlosigkeiten des modernen Lebens: Medikamente, verschiedene Zahnbürstenaufsätze und noch mehr verschiedene Zahnpasten – einmal für weisse Zähne, einmal gegen Zahnfleischbluten, einmal für gesunde Zähne, einmal gegen Zahnstein – und dann noch ein paar verstaubte Kondome, ein paar Häkelstäbchen (um die Haare aus dem Abflussrohr zu fischen), ein nie gebrauchter Rasierspiegel, das Ladegerät der elektrischen Zahnbürste, ein Bart- und ein Haarschneider, die dazugehörenden Kabel, zwei Seifen. Ich stehe auf, drücke den Schrank zu und stütze mich auf dem Waschbecken ab. Der Spiegel ist erbarmungslos: Mein Gesicht ist eingefallen, auf der Stirn zeichnen sich Falten, die Augenringe sind beängstigend dunkel, die Wangenknocken drücken hervor und die Mundwinkel sind eingerissen. Einige Kilos habe ich in den letzten Monaten (oder Wochen?) verloren. Mit der rechten Hand streiche ich über die Stirn, dabei berührt der kleine Finger beinahe zärtlich die Augenbraue und der Daumen drückt zittrig auf die Schläfe. Ich senke den Blick zum Waschbecken, kratze mich am Hinterkopf und während ich den Kopf leicht zur Seite neige, massiere ich mir den Nacken. Die Nackenmuskeln könnten aus Stahl sein, aus «Krupp-Stahl», würden die Nazis wohl korrigieren. Es ist ruhig. Nur der Warmwasserzähler ist zu hören.

Aber die Angst brodelt weiter – ich habe sie nur kurz von mir abgelenkt. Ich spüre, wie sie mich – wörtlich! – von den Waden über die Oberschenkel hinauf zur Hüfte und weiter zum Herz über die Venen vergiften will. Ich friere und versuche vergeblich, den Atem anzuhalten. Der Gedanke lässt mich nicht los: Mit einem Herzschlag wird das venöse Blut mit frischem Sauerstoff vermengt und mit ungeheuerlichem Druck durch die Arterien gejagt. Die Schlagadern halten den Druck bis in die letzte Zelle meines Körpers aufrecht – das angstdurchtränkte Blut lässt mich erstarren. Wieder stütze ich mich am Waschbecken ab, richte den Blick auf meine Hände und versuche einzuschätzen, ob sie noch zu mir gehören oder ob ich bereits den Verstand verloren habe. Ich versuche mich erneut im Spiegel zu betrachten, aber ich sehe mich nur leicht verschwommen. Nur die Dinge, die weiter weg sind, scheinen noch scharf zu sein. Ich trete einen Schritt zurück. Die Pupille ist verdammt gut zu sehen, sie schwimmt über der grüngrauen Iris: Sie ist riesig, fast wie ein Teller, und bald wird sie die Iris vom Augapfel verdrängen. «Jede Panikattacke hört irgendwann auf», wird einem in der Therapie immer und immer wieder erklärt. Aber diese Erklärung nützt nichts. Denn wenn die Attacke losdonnert, dann kann sie auch dauern. Und warum sollte sie diesmal nicht ewig dauern? Wer gibt mir denn die Garantie dafür?

Alles dreht sich.

Ein bedrückendes Gefühl der Entfremdung umklammert mich. Ich betrachte mich von oben herab, aber ich erkenne mich nicht mehr richtig. Scheinbar aus einem Automatismus heraus, nehme ich das feuchte Handtuch zur Hand und streiche mir mehrmals über den rechten und dann über den linken Unterarm. Das Gefühl ist unwirklich – es ist fremd. Das kann nicht sein. Das kann nicht sein. Das kann nicht sein. Es ist alles gut. Es ist alles gut. Es ist alles einen *Scheiss* gut! Ich verliere mich im Badzimmer, taumle einen Schritt rückwärts gegen die Türe und versuche nochmals konzentriert die Empfindung des feuchten Handtuches auf meinem linken und rechten Unterarm und dann im Gesicht zu verstehen. Es ist fremdartig, es gehört verdammt noch mal nicht zu mir. Ich lasse mich an der Türe hinunter auf den Boden gleiten. Das Handtuch werfe ich teilnahmslos in die Badewanne, die so komisch lang zu sein scheint. Die ist doch viel zu lang. Und auch zu wenig hoch. Ich hebe den Kopf und sehe ein paar Dutzend Kilometer von mir entfernt die Badzimmerdecke schweben, die Wände haben sich zu gekachelten Streifen langgezogen, die sich im Rhythmus meines Atmens zu bewegen scheinen …

Es ist vorbei. Ich habe den Verstand verloren.

Resigniert ziehe ich die Knie zur Brust, meine Hände liegen flach auf dem Boden. Nach ein paar Minuten der Leere umklammere ich die Beine mit den Armen, lege den Kopf seitlich auf das Knie und erwische mich, wie ich die Aluverkleidung in der Wand anstarre. Ich fühle mich wie ein Stück Scheisse: zusammengedrückt von Ängsten, durchbohrt von Zweifeln und zerstört von unkontrollierten Gedanken.

Jetzt, wo ich kapituliere, lässt mich die Angst gehen. Wer gegen sie ankämpft, hält sie am Leben: Angst kann nur im Widerstand existieren. Eine Träne gleitet die Wange entlang und hinterlässt ein Gefühl der Einsamkeit; ich neige den Kopf und beobachte, wie sie zu Boden fällt. Fast beiläufig fällt mir auf, dass alles wieder am rechten Platz ist: die Decke, die Wände, die Badewanne, sogar der Spiegel hat aufgehört zu atmen. Ich schrumpfe zusammen, so als wollte ich unter dem Türspalt durchkriechen und auf der anderen Seite nach Hilfe rufen.

Ich bin alleine.

01.58 Uhr. Minuten vergehen. Langsam – und mit schwerem Atem – stehe ich auf. Ich öffne die Badzimmertüre und gehe zurück ins Wohnzimmer. Die beiden Stehlampen werfen ein eigentümlich gelbliches Licht in den Raum. Draussen ist es stockfinster.

02.05 Uhr. Wenn das Scheinwerferlicht der vorbeifahrenden Autos die kleine Trennwand zur Küche anleuchtet, erhellt sich für ein paar Sekunden das Zimmer. Die Lichtstrahlen fallen auf die Wand, saugen sich dort mit dem Wandmuster voll und reisen weiter zur Decke – als Kind habe ich mir das so vorgestellt. Für mich bestand Licht aus vielen kleinen Lichtmännchen, die von Gegenstand zu Gegenstand hüpfen und dabei jedes Mal einen Teil ihres Volkes zurücklassen. Und wenn sich die Lichtmännchen schlafen legten, kam die Nacht. Manchmal sehne ich mich nach dieser Zeit zurück.

Manchmal.

Im Wohnzimmer sind keine Rollläden angebracht, daher unterscheiden sich die flüchtigen Lichtmuster an der Decke im Schlaf- und im Wohnzimmer ganz eigenartig. Während im Schlafzimmer die Muster durch die Brechung der Rollläden geometrische und klare Formen haben, erinnern die Muster im Wohnzimmer an ein davonschleichendes, wabbliges Irgendwas. Die Geometrie hat mir schon immer gefallen: die Geraden, die Winkel, die Punkte, die Strecken, die gekrümmten Linien; die gleichseitigen oder gleichschenkligen oder spitzwinkligen oder rechtwinkligen oder stumpfwinkligen Dreiecke; all die wunderbaren Vierecke und natürlich die Kreise und ihre Mittelpunkte, die Kreislinien, die Durchmesser, die Radien, die Tangenten und die Sekanten. Alles ist geordnet, alles ist geregelt und – ach, wie wunderbar! – alles ist berechenbar. Ob Gott durch mathematische Formeln und geometrische Schönheit zu uns spricht?

Wahrscheinlich nicht.

Die Natur ist nur darauf bedacht, im Gleichgewicht zu sein. Um mehr geht's im Leben gar nicht. Nur das Gleichgewicht ist die treibende Kraft. Momentan bin ich wohl ziemlich ungleichgewichtig: disäquilibriert, dysbalanciert und disharmonisch. Die Liebe zu Wörtern habe ich jedenfalls noch nicht verloren und ein wenig Humor ist mir geblieben. Galgenhumor. Ich nehme die auf dem Rückenkissen des Sofas liegende Wolldecke zur Hand, schlage sie auf, wickle sie zu einer Rolle und lege sie anstossend zur Armlehne aufs Sitzkissen. Dann lege ich mich aufs Sofa, die aufgerollte Decke dient mir als Kopfkissen. Da das Sofa für mich zu kurz ist, liegen meine Knie auf der gegenüberliegenden Armlehne und die Füsse baumeln in der Luft. Dennoch: Es ist bequem. Zwei Autos fahren vorbei und das davonschleichende, wabblige Irgendwas an der Decke scheint wie verrückt mit sich zu spielen. Dann entflieht das Licht dem Zimmer und es bleibt die schummrige Stimmung der Stehlampen zurück. Ich starre die Decke an. Um das Buch aufzunehmen, drehe ich mich seitlich um, schnappe mir die Biografie und drehe mich zurück. Das Buch halte ich mit beiden Händen auf Lesedistanz. «Er duldete nicht einmal die Autorität einer Idee über sich», lese ich. Abgefahren. Dass der einstige Führer des Dritten Reiches seine eigene Moralinstanz war, ist mir bewusst. Aber diese Formulierung ist – auch nach über siebzig Jahren – beängstigend. Ich lege das Buch wieder zurück auf den Boden und schliesse die Augen. Die Hände liegen auf dem Bauch und ich höre meinem Atem zu. Die Angst ist noch da, aber wir beobachten uns aus der Ferne. Wir führen einen Sitzkrieg.

02.30 Uhr. Der Versuch, die letzten Stunden zu verstehen, scheitert an meiner Unkonzentriertheit. Ich verschränke meine Finger ineinander und lausche der Stille. Die Gedanken verlieren an Schärfe. Ich drehe mich zur Seite, ziehe die Knie an und klemme meine Hände dazwischen. Was ist nur los mit mir?

03.37 Uhr. Schlafe ich? Mein Bewusstsein gleitet wie ein Segelschiff auf ruhiger See über das Unbewusste. Aber die Wasser sind tief, es ist dunkel da unten. Tiefe Wasser aber sind nie ruhig.

06.01 Uhr. Ich fische das Handy vom Boden und tippe – damit es mir die Uhrzeit anzeigt – zweimal auf den Bildschirm. Eine Minute nach sechs Uhr. Draussen ist es noch dunkel. Wie ich die letzten Stunden verbracht habe, ist mir nicht klar. Mit einem vagen Gefühl der Unschärfe setze ich mich auf. Alles ist gut, bilde ich mir ein. Den Satz wiederhole ich drei, vier, fünf, sechs Mal. Alles ist gut, alles ist gut, alles ist gut und mir geht's von Tag zu Tag immer besser und besser. Meine Mutter hat mir zu Primarschulzeiten von der Coué-Methode erzählt. Das hört sich wie ein esoterisches Fluchwort oder wie ein indisches Heilgelübde an. Wahrscheinlich ist es das auch. Bewusste Autosuggestion, Selbstbeeinflussung. So ein Schwachsinn: Es ist nichts weiter als eine organisierte Form der mehrfach wiederholten Selbstlüge.

06.25 Uhr. Ein Auto fährt vorbei. Die Schatten an der Wand sind fast nicht mehr zu sehen, die Sonne drückt die Nacht langsam nach Westen weiter. Es wird hell. Wieder nehme ich das Handy zur Hand, tippe zweimal auf den Bildschirm, schiebe mit dem Zeigfinger das Sperrbildschirmbild nach oben und entsperre mit dem Zahlencode das Telefon. Die E-Mail-Kachel meldet 17 neue E-Mails, auf der SMS-Kachel erscheinen zwei neue Nachrichten und der Terminkalender erinnert an die heutigen Sitzungen.

Ich versuche ruhig zu bleiben.

Aber es ist zu spät: Spürbar schiesst das Adrenalin ins Blut. Das Herz verdreifacht seine Schläge und meine Gedanken knoten sich an Todesängste fest. Ich zittere.

Die Gedanken widerhallen im Kopf wie in einer sinnleeren Kathedrale. Ich zwinge mich zum Atmen. Einatmen. Pause. Ausatmen. Das Herz beruhigt sich langsam und vermindert seinen zornigen Takt. Dass es dabei mehrmals aussetzt, ist normal. Es dient der Verlangsamung des Pulsschlages. Vielleicht ist das auch nichts weiter als eine Selbstlüge, aber es hilft. Die Bereitschaft zur Verteidigung fällt in sich zusammen und ich bleibe – einmal mehr – als Stück Elend zurück.

Im Biologieunterricht habe ich gelernt, dass Adrenalin im Nebennierenmark gebildet wird und dass dieses wiederum direkt aus dem Nervensystem entsteht. Ein ausgeklügeltes System, lieber Gott, du hast das tatsächlich ziemlich schlau gemacht. Aber hat nicht das Nervensystem die Aufgabe, mich vor Gefahren und dergleichen zu warnen? Ist es nicht in Wirklichkeit meine persönliche Warnanlage? Mein roter Alarm? Und warum sollten 17 E-Mails, zwei SMS und ein paar Sitzungen eine Gefahr für mich darstellen?

Ich bin defekt.

Was für eine Erkenntnis kurz vor halb sieben in der Früh: Die Nacht war – um es diplomatisch zu formulieren – schwierig, geschlafen habe ich sozusagen nicht und meine Nebenniere schiesst zum Frühstück grundlos Adrenalin ins Blut. Ob ich ausgeschaltet bleiben darf?

Ich habe heute keine Lust zu leben.

06.30 Uhr. Der Wecker im Handy geht los: Die unsägliche Weckermelodie – Symmetrie! – bohrt sich durch meinen äusseren Gehörgang in das Trommelfell, der Hammer schlägt auf den Amboss ein und die Hirnnerven vertreiben die letzten ruhigen Sekunden des Tages. Mit Verachtung bestätige ich den Schliessen-Button auf dem blau schimmernden Handybildschirm und stehe vom Sofa auf.

06.45 Uhr. Ich bin spät dran. Offenbar habe ich in der Nacht den Wecker von ursprünglich 05.30 Uhr auf 06.30 Uhr umgestellt. Was vor ein paar Stunden sicherlich einen Sinn ergab, bringt mich nun in die Bredouille. Die verlorene Stunde hole ich den ganzen Tag nicht mehr auf.

Verdammt.

Ich schnappe mir die Anzughose vom Kleiderbügel an der Garderobe neben der Eingangstüre und ziehe sie an, danach streife ich mir das dazu passende Hemd – welches ich bereits gestern Abend ausgewählt hatte – über, knöpfe es zu und nehme die braunen Halbschuhe zur Hand, nicht jedoch, bevor ich mit dem Zeige- und dem Mittelfinger den Wasserflecken auf der Vorderkappe weggewischt habe, und entferne anschliessend die hölzernen Schuhdehner. Mit den Schuhen in der Hand gehe ich zum Esstisch rüber, setze mich hin, greife zum hässlichen Ikea-Billigplastikschuhlöffel und ziehe die Schuhe an. Mit einer Geringschätzung meiner Fähigkeiten ziehe ich die Zunge des linken Schuhs gerade und knote dann die Schnürsenkel fein säuberlich zu. Wenn es nicht tragisch wäre, müsste ich wohl lachen – denke ich. Aber es ist tragisch. Die einzigen Sicherheiten, die ich noch habe, sind meine Zwänge. Ich liebkose sie. Ich hasse sie. Ich liebe sie. Ich verachte sie. Sie geben mir Halt. Sie zerstören mein Leben. Ich brauche sie. Sie brauchen mich. Ich lebe damit. Ich lebe trotzdem damit. Ich lebe trotzdem nicht gut damit. Ich lebe trotzdem sehr gut damit. Ich hasse sie. Ich liebe sie. Ich hasse sie.

Das Muster ist immer gleich. Es beginnt mit einer Drohung: Wenn du das und das nicht machst, dann passiert dies und jenes. Anfangs fühlt es sich wie ein Spiel an; mit der Zeit wird's zu Gewohnheit und aus der Gewohnheit wird ein detailversessener Zwang von exakten Abläufen oder sonstigen unnötigen Genauigkeiten.

06.50 Uhr. Ich betrachte meine Schuhe und die zugeknoteten Schnürsenkel mit den – Scheisse, verdammte und verkackte Scheisse! – nicht gleich langen Enden. Das geht nicht. Das geht. Das geht nicht. Das geht. Das geht nicht. Das geht. Das geht nicht. Wenn ich sie so belasse, dann passiert etwas. Ja – dann passiert etwas. Nein – es passiert gar nichts. Ich darf mich diesen Gedanken nicht hingeben und auf keinen Fall nachgeben. Aber wenn es dann doch stimmt? Wenn dann doch etwas passiert, weil ich zu faul war, die

Schuhe nochmals zu binden? Es ist nur eine scheinbare Ruhe, die der Zwang einem bringt. Durch das Einhalten der symmetrischen Gedanken – so wie ich sie nenne – glaubt man sich in Sicherheit. Aber ein Zwang liebt die Gesellschaft und ist selten alleine anzutreffen.

Energielos bleibe ich sitzen, betrachte minutenlang die Schnürsenkel und versuche der Gedankenspirale zu entkommen. Nicht schon wieder nachgeben. Nicht nachgeben. Nicht nochmals binden. Einfach sein lassen. Es wird nichts passieren. Nichts wird passieren. Natürlich passiert nichts. Meine Schnürsenkel haben keinen Einfluss auf mein Leben.

Und wenn doch…?

06.52 Uhr. Ich bücke mich und löse die Knoten. Dann zupfe ich – während sich mein ganzer Magendarm zusammenzieht und mit Adrenalin vollsaugt – die Schnürsenkel so lange zurecht, bis sie ab dem letzten Loch gleich lang sind und binde die Schuhe nochmals zu: Peinlichst achte ich darauf, dass die Schlaufen jeweils gleich gross sind, damit die Enden der Schnürsenkel gleich auslaufen.

06.58 Uhr. Ein Schamgefühl überkommt mich. Aber ich gebe mich diesem Gefühl nicht hin. Ich stehe auf, nehme die Anzugjacke vom Kleiderbügel, angle die Autoschlüssel aus der kreisrunden Holzschale, greife nach der schwarzen Ledertasche und öffne die Eingangstüre. Beim Hinaustreten blicke ich zurück zur Küche und bemerke mit Erstaunen, wie fein säuberlich alles aufgeräumt ist. Ohne einen Gedanken daran zu verlieren, schliesse ich die Eingangstüre hinter mir zu. Es ist der Feind im eigenen Kopf, der die Realität diktiert. Die Aussenwelt verkommt dabei zur billigen Kulisse und Nebensächlichkeit. Ich drücke auf den Liftknopf und lehne mich an die Wand – der Lift setzt sich in Bewegung. Durch die Glaskonstruktion betrachte ich die Gegengewichte, die nahezu geräuschlos nach unten fahren. Wenn ich es richtig im Kopf habe, braucht der Lift wenig Strom, um leer nach oben zu fahren, aber bedeutend mehr Energie, um mit mir alleine nach unten zu fahren. Ich versuche, mir die Anordnung von Gegengewichten, Personenkabine und meiner Wenigkeit bildlich vorzustellen. Die Türen schieben sich mit verächtlichen Geräuschen beidseitig auf – das grelle Neonlicht leuchtet die leere Kabine bis zum letzten Staubkorn aus.

Ich lasse die Tasche zu Boden sinken und schliesse die Augen. Sekunden später ruckeln, als ob sie mich fernhalten möchten, die Lifttüren in ihre Ausgangsposition zurück. Es ist still im Treppenhaus. Nur in meinem Kopf hämmern die Gedanken weiter. Ich öffne die Augen und betrachte den Fussabtreter der Nachbarwohnung, nehme – nicht ohne an ihren sonntäglichen Sex zu denken – meine Ledertasche zur Hand, betätige nochmals die Steuerung des Aufzuges und lausche den sich öffnenden Türen. Ich drücke auf GG und mit einem sanften Ruck beginnt der Lift seine Fahrt nach unten. GG-UG-AG-EG-1-2 und 2-1-EG-AG-UG-GG und GG-UG-AG-EG-1-2. Mehrmals lese ich die Beschriftung der Liftknöpfe rauf und runter und umkreise dabei die stahlpolierten Knöpfe mit Zeige- und Mittelfinger. Ausnahmsweise ist das ein Zwang, der mich beruhigt. Wie bescheuert ist das denn? Ein beruhigender Zwang? Eine Zwangsberuhigung? 2-1-EG-AG-UG-GG. Der Aufzug stoppt, die Türen öffnen sich, die kalte Luft aus der Garage drückt in die Kabine. Trotz bewusster Selbstlüge versuche ich – während ich das Auto aufschliesse, einsteige und das Radio anmache – meinen Tag mit positiven Gedanken zu beeinflussen. Mit positiven Gedanken?!? Das ist noch verrückter als eine Zwangsberuhigung, was faktisch nichts weiter als ein Frieden ist, der sich durch Abwesenheit von Krieg definiert: Ein Kriegszustand ohne angewandte Waffengewalt bleibt dennoch ein Krieg und so bleibt ein beruhigender Zwang ganz einfach auch ein verdammter Zwang, der mein Scheissleben beeinflusst und lenkt und einnimmt und einschränkt und … Im Radio erzählen sie irgendwas von Yoga und seelischem Frieden. So ein

Scheiss und hirnverbrannter Schwachsinn. Unglaublich, was all die Pseudo-Hippie-Europäer als Luxusyoga importieren – einzig weil ihnen die Meditation des christlichen Abendlandes, allen voran der Quietismus, unbekannt oder zu wenig hip oder zu anstrengend oder zu verwurzelt im eigenen Denken oder zu wenig orange oder zu gläubig ist. Dabei ist die Idee seelischer Passivität ein beängstigend schöner Gedanke – aber ja, natürlich, er entspringt christlichem Glauben, und das ist weit weniger sexy als ein fettleibiger Buddha, der einen Fussabtritt im Felsen hinterlassen hat. Als Atheist glaube ich aber immer noch lieber einem verzeihenden und ästhetisch wohlgeformten Gott, der manchmal zwar fehlerhafte Menschen – wie mich – fabriziert, aber wenigstens Stil hat.

Einige meiner früheren Freunde, die das Drogenkarussell – Rauchen, Saufen, Kiffen, Pillen, noch mehr Kiffen, noch mehr Pillen, noch mehr durchtränkte Löschpapiere, noch mehr Alkohol, noch mehr Kiffen und Koks, Koks, Koks, Koks – durchgespielt haben, retteten sich in solch indisch-mystische Heilsversprechen. Ich bezweifle bis heute, dass sie geheilt sind. Sie haben einzig den Schalter von chemischer Sucht auf psychische Abhängigkeit umgedreht. Indien und Mystik. Und Buddha. Und Sex mit Männern, mit Frauen, mit Omas und mit Kindern. Und Yoga mit Matte, mit Schwitzen und Yoga mit Buddha und

Yoga von hinten, von oben, von unten, von der Seite, mit Tanzen, alleine, gemeinsam, ganz langsam und ganz schnell. Energiefluss und solchen Scheiss. War der Führer nicht auch solch ein indischer Drecksesoteriker? Ist nicht das Hakenkreuz in Indien ein Symbol für Glück? Was zur Hölle interessiert mich das? Was mache ich hier? Was soll das alles?

Aufhören. Verdammt. Verdammt noch mal.

Ich drehe den Zündschlüssel, der Motor springt an; ich wechsle den Sender auf das Klassikradio und fahre langsam aus der Garage.

07.35 Uhr. Es ist niemand da – ich bin alleine. Ich schliesse die Türe auf und mache das Licht an. Nachdem ich meine Tasche beim Stehpult abgelegt habe, ziehe ich die Rollläden der drei zweiflügeligen Fenster hoch und bleibe lange davor stehen. Auf dem Turnhallendach gegenüber stolzieren Raben rauf und runter – das Leben meint es offensichtlich gut mit ihnen. Der Kehrichtabfuhrwagen fährt vorbei und bleibt wenige Dutzend Meter weiter stehen. Zwei Männer steigen aus, laufen zum Müllcontainer und ziehen diesen wortlos zum orangen Wagen. Über die Kippvorrichtung wird der Container hochgezogen und geleert. Dabei fallen ein paar Papierfetzen und zwei, drei Dosen auf die Strasse. Das kümmert die Männer nicht, sie lösen den Container und wuchten ihn an seine Position zurück. Während der eine Mann zurück in den Wagen steigt, sammelt der andere die Dosen ein und wirft sie zurück in den Container. Sisyphusarbeit. Dann fahren sie weiter.

Eine Leere überkommt mich.

Das Stehpult ist auf Sitzhöhe eingestellt. Ich setze mich hin und ziehe mich an den Tisch heran, dann tippe ich «#21#» ins Telefon, drücke auf die Lautsprechertaste und warte, bis «... ist ausgeschaltet» zu hören ist. Ich lege auf. Was mache ich hier? Warum bin ich überhaupt ins Büro gekommen? Verdammt. Verdammte Scheisse. Verdammte und verkackte Scheisse. Ich stütze mich auf die Ellenbogen und lege meinen Kopf in die Hände. Die Leere frisst sich durch mich hindurch; sie breitet sich wie ein Ölteppich über mein Bewusstsein aus und hinterlässt Sinnfragen, die sich in Verzweiflung suhlen. Ich hebe ein bisschen den Kopf und betrachte den langsam blinkenden Netzschalter des Computers. Mit der rechten Hand streiche ich in runden Bewegungen flach über den Tisch. Das Geräusch, das dabei entsteht, erinnert an feinkörniges Schmirgelpapier beim Holzschleifen. Dann haue ich mit Kraft auf den Netzschalter. Der Computer startet, und der Bildschirm hellt sich blau

auf. Mit abgestütztem Kopf beobachte ich die Statusmeldungen des Computers: wie er aufwacht, was er
da alles macht, wie der Schreibtisch erscheint und die
viel benötigten Programme automatisch starten. Outlook, Word und Chrome. Sekunden später erscheinen unten rechts die ersten Statusmeldungen des
Tages: 23 ungelesene Nachrichten und Antivirus ak-
tualisiert. Als ob mich das in irgendeiner Weise inte-
ressieren würde – fang dir doch eine Scheisskrankheit
ein und stirb daran. Grienend stelle ich mir einen kleinen, bös lächelnden Virus vor, der sich durch den
Computer frisst, den Arbeitsspeicher unbrauchbar
macht, die Hauptplatine zum Schmelzen bringt und
sich dann per Ethernet-Kabel ins Netzwerk vermehrt.
Der Gedanke lässt mich kurz innehalten. Dann
wechsle ich per Tastaturbefehl zum Outlook und betrachte die Liste der ungelesenen Nachrichten. Wo
bist du, Virus? Friss meine Mails auf, zerstöre sie, ver-
nichte sie, schick sie zu den Absendern zurück – er-
löse mich von dem Bösen.

Ich scrolle langsam runter und überfliege die Mails.
Schon wieder schiesst das Adrenalin in den Magen
und eine Mischung aus Wut, Verzweiflung, Resigna-
tion pulverisiert das Gefühl der Leere.

Bitte rufen Sie mich zurück. Gerne erwarte ich Ihre Stellungnahme. Mit der Bitte um dringenden Rückruf. Diego – wo bist du? Wir sind nicht mit der Vorgehensweise einverstanden. Kannst du die Übersetzungen übernehmen? Wer leitet das Projekt, wenn ich niemanden erreichen würde? Es gibt einen Fehler auf der Über-uns-Seite: Da fehlt ein Komma. Ich wünsche Ihnen einen wunderbar erfolgreichen Tag. Alles klar, hopp und losschicken. Wir haben ja noch so einen Vertrag mit einem Budget für die restlichen Massnahmen. Im Auftrag der Geschäftsleitung haben wir das Bild vom Netz genommen und das Kurzportrait ergänzt. Hier die korrigierten Versionen inklusive aller Tabellen. Bitte wie gestern telefonisch besprochen vorgehen. Eine Mail mit den zweiseitigen Dateien folgt im Verlauf des Vormittages. Bitte ändern Sie das Passwort für den Entwicklungsserver. Ruf mich bitte an, wenn du das Mail gelesen hast. Wir danken Ihnen bereits schon im Voraus für Ihren Aufwand und wünschen weiterhin einen angenehmen Abend sowie einen guten Start in den Tag. War dein Tag erfolgreich?

Soll ich dir die Fresse polieren? – jagt es mir durch den Kopf.

Wenn ich das lese, möchte ich zuschlagen. Wann habt ihr euch denn das letzte Mal einen runtergeholt?

Haben wir tatsächlich *so* einen Budgetvertrag? Und warum ruft ihr euch nicht selber zurück? Sind das überhaupt deutsche Sätze? Habt ihr auch Deutschunterricht geniessen dürfen? Und wieso kann man eine Tabelle acht Mal korrigieren? Verdammte Blutsauger. Mein Herz rast und schlägt die Wut in die letzten Zellen meines Körpers. Ich koche förmlich und bilde mir ein, die durch die Herzkontraktionen hervorgerufenen Pulswellen zu hören. Wann wohl meine Arterien platzen werden? Und ob dann das ganze verdreckte und mit Adrenalin verschimmelte Blut aus der Nase, den Augen, dem Mund und den Ohren tropfen wird? Und warum kann diese gottverfluchte Blut-Hirn-Schranke den ganzen Wutmüll nicht von meinem Denken und Fühlen fernhalten? Ich klicke mit der Maus auf die «ungelesenen Nachrichten», drücke mit dem Daumen die Strg-Taste und umkreise mit dem Zeigfinger ein paar Sekunden lang den Buchstaben «A». Dann markiere ich alles und möchte auf «Ungelesen/Gelesen» klicken, aber ich schaffe es nicht. Ich betrachte die Tastatur. Minutenlang bleibe ich regungslos sitzen, einzig mit dem Blick umkreise ich – wie ein Seidenfaden, der auf der Seidenmühle gezwirnt wird – jede einzelne Taste der Tastatur. Meine Homöostase ist, um es diplomatisch korrekt zu formulieren, aus dem Gleichgewicht. Was sind denn das schon wieder für widersinnig-bösartige Gedanken?

07.47 Uhr. Das Telefon klingelt. Ich zucke zusammen und schiebe die Tastatur weit von mir weg. Panik überkommt mich. Was will der denn nun schon? Ich greife zum Hörer, nehme das Gespräch jedoch nicht entgegen. Meine Hand ruht zitternd auf dem Hörer. Ich warte, bis das Klingeln aufhört, wohl wissend, dass es an den Telefondienst weitergeleitet wird. Endlich ist es wieder still im Büro. Aber die Ruhe trügt – keine Minute später klingelt das Telefon wieder. Und selbstverständlich ist es abermals dieser verdammte Drecksarsch. «Schreib doch eine E-Mail!» – schreie ich das Telefon an. Ich stehe auf, packe das Telefon und werfe es mit Gewalt gegen die Wand. Das aus der Buchse reissende Kabel macht einen ungewöhnlichen Zischlaut, welcher kurz zu hören ist, bevor das Telefon mit einem lauten Knall in seine Einzelteile zerbricht. Ich setze mich wieder hin, klemme beide Hände zwischen Oberschenkel und Stuhl ein und ziehe die Schultern hoch, um sie zu entspannen. Nicht, dass es klappen würde – das ist ja klar. Was klappt denn schon bei mir? Nichts klappt. Nie. Es hat nie, tut es jetzt nicht und wird nie klappen. Nichts. Nada. Niente. Verdammt.

07.48 Uhr. Mein Handy klingelt. Ich reagiere nicht.

07.49 Uhr. Eine SMS-Nachricht leuchtet auf: «Sie haben eine neue Sprachnachricht erhalten.» Ja, schon klar, dass gerade du mir nun auch noch eine Nachricht hinterlassen musstest. Ist ja ziemlich sicher ziemlich wichtig. Ich fahre mit dem Finger über den Sperrbildschirm, löse die Sperre mit dem Code und tippe auf das Combox-Symbol. «Sie haben eine neue Nachricht.» Erhalten von der Nummer blabla. Ich lege das Gerät auf den Tisch und schiebe es von mir weg – in der leisen und unrealistischen Hoffnung, dass sich die Nachricht durch das Wegschieben von alleine löscht oder sich als nicht wichtig herausstellt. Doch es ist anders. Es ist wie immer. Es ist die Hölle. Aus dem Telefon höre ich, wie sich das gestern vermeintlich gelöste Problem nun doch wieder zeigt, wie es nun aber sehr dringend ist und wie ich mich bitte sofort und ohne Widerrede und ohne Zögern und ohne Warten darum kümmern soll, und Rückruf wird auch befohlen.

07.55 Uhr. Ich kann das nicht. Ich kann das nicht mehr. Ich kann das nicht mehr tun. Ich kann nicht mehr so leben. Es muss aufhören.

07.58 Uhr. Es ist vorbei. Der, der ich zu sein glaubte, ist gestorben.

Epilog.

Kurz nach dem Abhören der Nachricht rief ich meinen Geschäftspartner an und erklärte ihm, dass mir die Situation entglitten sei. Mir war rational klar, was hätte getan werden müssen, aber ich war ausser Stande, es zu tun. Daraufhin rief ich meine Therapeutin an und bat um einen dringenden Termin.

Wenige Stunden später wurde ich mit der Diagnose «Anpassungsstörung und Depression» bis auf Weiteres krankgeschrieben.

Dass ich noch tiefer fallen würde, dass mich die Depression noch sehr lange fest umschlungen halten und mich tagtäglich zu drosseln versuchen würde, dass alles nie mehr so sein würde, wie es war, war mir zu diesem Zeitpunkt noch nicht klar.

Wenige Stunden nur waren seit dem Abhören der Nachricht vergangen, doch was ich bis dahin zu sein geglaubt hatte, war unwiderruflich ausgelöscht.

Der Boden war noch nicht erreicht – ein Aufstieg noch in weiter Ferne.

Nachwort.

«Ich will heute nicht leben» – was für eine Aussage. Kurz und klar. Und konsternierend, wenn man sich vorstellt, dass es die Antwort sein könnte auf die Frage: «Wie geht es dir?». Eine Frage, die wir schon tausend Mal gestellt bekamen und selber stellten. Oft verkommt sie zum Höflichkeitscode, doch ist es die Frage, die unter vertrauten Menschen eine echte Antwort verdienen sollte.

«Wie geht es dir? Hast du gut geschlafen?» könnte man den Protagonisten von Diego Bernardinis Erzählung vielleicht an einem Morgen vor dem Kaffeeautomaten fragen. Vielleicht hätte man zur Antwort gekriegt: «Es geht so, ich hatte keine gute Nacht.» Keine gute Nacht haben – was stellen wir uns darunter vor? Vielleicht, dass besagter Mensch regungslos, mit offenen Augen an die Decke starrt, dass er sich später mit geschlossenen Lidern hin und her wälzt, die Decke schwitzend von sich stösst, um sie bald darauf wieder fröstelnd über die Schultern zu schlagen. Könnten wir als unsichtbarer Beobachter in einer Zimmerecke kauern, würden wir vielleicht hören, wie dieser Mensch, der keine gute Nacht hat, schnell und flach atmet, wie er trocken schluckt. Wie er aufsteht, durch die Wohnung tappt, wie die WC-Spülung geht. Wir würden vielleicht mitkriegen, wie das Licht im

Bad an- und wieder ausgeht. Vielleicht würden wir etwas Beklemmendes in der Stimmung in dieser Wohnung und um diesen Menschen herum mitkriegen. Hoffentlich findet er nun seinen Schlaf, würden wir dann vielleicht denken. Und dass für den Schlaflosen morgen ein besserer Tag folgen möge. Und eine bessere Nacht.

Was wir aber nicht mitkriegen, weder als stiller Beobachter und schon gar nicht beim Gespräch vor dem Kaffeeautomaten, ist das, was sich im Innern dieses Menschen, der heute gar nicht leben will, in der Nacht zuvor ereignet hat. Uns entgeht, dass es vielleicht in eben dieser «nicht so guten Nacht» um die brutale äussere Ruhe während des inneren Sturms ging. Um den Gedankensturm.

Der Autor gibt mit seiner Geschichte «Ich will heute nicht leben» eine ehrliche und erschlagend präzise Antwort auf die Frage nach dem Befinden eines Menschen kurz vor seinem selbst eingestandenen psychischen Zusammenbruch. Er reisst die Codes weg, lässt den Damm brechen und zeigt auf, wie bei einem Zustand, der gegen aussen hin vielleicht sogar als Friede verkannt wird, tatsächlich das Innenleben alles Friedvolle verspeist und verhöhnt. Er wirft gleissendes Licht auf das nächtliche Leiden, indem er die Wahrnehmungen eines psychisch Leidenden der Leserin und dem Leser förmlich in die Sinne reinbuchstabiert. Man hört als Leser das Fletschen der Wut des Protagonisten, die schon frühmorgens im Büro Mails, Kurznachrichten und Budgets zerfleischen möchte, man schmeckt fast die Hilflosigkeit der Psychopharmaka, die im Badezimmer nur noch riechen, aber längst nicht mehr nützen. Man spürt das Stechen des Blicks, der auf das läutende Handy stiert. Der Text legt der Leserin und dem Leser Fesseln um, lässt sie bleiern werden und setzt sie der tobenden Psyche, dem blockierten Tun und dem Tunnelblick eines Leidenden aus.

Bernardini erzählt vom inneren Krieg; vom Kampf der Gedanken, vom Bluten des Gewissens. Er macht den Zustand erlebbar, wenn Zeit nicht mehr gilt, wenn vergangene Jahre ihre Ordnung verlieren und frei flottieren. Wenn Vergangenheit auf Gegenwart kracht. Wenn Krupp-Stahl auf die Erinnerung an das verhasste Sandwich aus der Kantonsschulkantine donnert. Wenn die unzähligen Toten der letzten zwei Jahrhunderte hervortreten und ihre Vorwürfe erheben. Er zeigt der Leserin und dem Leser auf, wie es ist, wenn der Selbsthass peitscht, die Panik auf die Blase drückt. Nur ganz kurz dürfen Tränen für Entspannung sorgen und schon schlägt der Verstand – der verlorene – mit politischen Statements zurück.

Vergeblich versucht der Intellekt mit seinem angeeigneten medizinischen Wissen den Körper zu kontrollieren und wieder zu spüren. Auch die Philosophie hilft nicht. Sie holt nur aus zum weiteren Schlag auf die Menschheit und auf sich selbst. Wie spitzige Hagelkörner prasselt auf den armen Denkenden sein zerberstender Geist ein.

Bernardini erzählt scharf, knapp und unerbittlich konkret, wie das Gewissen der Menschheit in der Lage ist, einen einzelnen Menschen in Schuld und Angst zu stürzen. Und derselbe Mensch – unfähig, sich anders zu steuern – wird zum Angeklagten, zum Kläger und zum Richter in einem. Alles bekämpft alles im Innern eines einzelnen Menschen. Die verschiedenen «Ichs» bezichtigen sich gegenseitig der Schuld, stürzen sich in Scham und Verzweiflung und finden nur in der Wut eine letzte mögliche Kraft. Ein grausiger psychischer Zyklus fordert seinen Tribut. Treibt sein Unwesen in einer einzigen Seele, einem einzigen Geist, einem einzigen Körper.

Diego Bernardinis Text quält die Leserin und den Leser. Er bietet ihr und ihm ein greifbares Erlebnis an. Eines, das man gar nicht möchte, das man von sich weisen will. Und doch bleibt man dran an diesem zur Schrift, zur Schreibkunst gewordenen Leiden. Der

Autor schafft mit seinem Werk Einsicht in eine erkrankte Psyche und Verständnis für jene, die Gleiches kannten und kennen.

Es ist üblicherweise die Aufgabe der klinischen Forschung, Einsichten zu schaffen. Sie quantifiziert und erklärt, welche Bedingungen überzufällig welche Leidensform ausmachen. Bevor quantifiziert wird, muss qualitativ geforscht werden. Menschen werden von Forschenden zu ihrem Leiden befragt, ihre Antworten werden kategorisiert, statistisch verarbeitet und zu Normen zusammengefügt. Kategorien des Leidens werden benannt. Deren Namen wie «Grübeln», «negative Gedanken», «Befürchtungen» usw. belasten den Rezipienten der Forschungsberichte nicht weiter. Sie sind aus der Erfahrung gewonnenes theoretisches Material. Sie informieren über die Phänomenologie des Leidens. Doch wenn wir genauer erfahren möchten, was mit «Grübeln» und «Befürchtungen» gemeint ist, wenn wir konkreter, individueller und echter die Leidensmomente erfassen möchten, dann helfen uns die wissenschaftlichen Berichte und Kategorien nicht. «Meine Damen und Herren», sagte einst der heute emeritierte Psychologieprofessor Wolfgang Marx an der Universität Zürich Ende der 1990er Jahre, «wenn Sie über Gefühle noch differenzierter Bescheid wissen wollen, als es die qualitative Forschung kann, dann müssen Sie sich der Literatur zuwenden.»

Mit «Ich will heute nicht leben» schafft Diego Bernardini ein Stück solcher Literatur. Er gibt nicht Informationen über das Leiden, er gibt Einblick in das Leiden; er schafft aus dem Leiden facettenreiche literarische Kunst und verweist damit auf die psychischen Gefahren der Gegenwart: Still, smart und schnell wollen und sollen wir funktionieren. Still, smart und schnell – und meistens einsam – kann sich aber ein Mensch auch in den Abgrund begeben.

Der Autor plädiert damit für die Verlautbarung des Leidens, für die Entlastung der Seele. Denn die Seele braucht Ausdruck für das Unsmarte, das Brockige, Laute und Unverdauliche, das ihr so oft zugemutet wird.

Dr. Katharina Albertin, November 2016

Autoren.

Diego Bernardini, geboren 1973, ist selbständiger Unternehmer und Kommunikationsberater. Er schreibt Kurzgeschichten, Fachartikel und Kolumnen. Er lebt in der Nähe von Zürich.

www.diego-bernardini.ch

Katharina Albertin, geboren 1973, ist promovierte Psychologin, eidgenössisch anerkannte Psychotherapeutin und versteht sich als Expertin für Sport- und Leistungspsychologie, Kinder- und Jugendpsychologie, Schul-, Familien- und Berufspsychologie. Sie lebt in der weiteren Umgebung von Zürich.

www.speakalbertin.ch